AF369447

INTAILLES ASIATIQUES

Collection de M. le Comte DE GOBINEAU

ANTIQUITÉS

Poterie, Bronzes, Verres, Argenterie, Terres cuites

FIGURINES DE TANAGRA

DONT LA VENTE AUX ENCHÈRES PUBLIQUES AURA LIEU

à l'Hôtel des Commissaires-Priseurs, rue Drouot, n° 5

SALLE N° 7, AU PREMIER ÉTAGE

Les mardi 6 et mercredi 7 juin 1882

à deux heures précises.

Commissaire-Priseur :   Expert :

Mᵉ MAURICE DELESTRE   **M. H. HOFFMANN**

Rue Drouot, 27.   Quai Voltaire, 33.

EXPOSITION :

Le lundi 5 juin, de deux à cinq heures.

PARIS — 1882

INTAILLES ASIATIQUES

Collection de M. le Comte DE GOBINEAU

ANTIQUITÉS

Poterie, Bronzes, Verres, Argenterie, Terres cuites

FIGURINES DE TANAGRA

DONT LA VENTE AUX ENCHÈRES PUBLIQUES AURA LIEU

à l'Hôtel des Commissaires-Priseurs, rue Drouot, n° 5

SALLE N° 7, AU PREMIER ÉTAGE

Les mardi 6 et mercredi 7 juin 1882

à deux heures précises.

Commissaire-Priseur :	Expert :
Mᵉ **MAURICE DELESTRE**	**M. H. HOFFMANN**
Rue Drouot, 27.	Quai Voltaire, 33.

EXPOSITION :

Le lundi 5 juin, de deux à cinq heures.

PARIS — 1882

CONDITIONS DE LA VENTE.

La vente sera faite au comptant.

Les adjudicataires payeront *cinq pour cent* en sus des enchères.

Chaque lot pourra être divisé ou réuni au gré de l'Expert.

La collection de pierres gravées que nous sommes chargé de
vendre aux enchères publiques, a été formée par M. le comte
A. de Gobineau. Elle se compose de plus de cinq cents pièces,
intailles et camées, trouvées la plupart en Perse et en Mésopotamie, et recueillies avec passion par le savant diplomate
qui représentait la France dans ces contrées lointaines. L'in-
ventaire de la collection, M. de Gobineau l'a publié dans
la *Revue archéologique* de 1874, et c'est naturellement son
travail que nous avons reproduit, respectant sa classification,
tout en réduisant le texte aux proportions d'un catalogue de
vente. Les intailles asiatiques comptent parmi les monuments
les plus curieux et les moins communs de l'antiquité. M. de
Gobineau en a réuni un ensemble qui permet de suivre les
progrès et la dégénérescence de la gravure dans l'espace de
vingt siècles. Plusieurs de ces pierres, les cylindres surtout et
les cônes en saphirine, ont une grande valeur artistique ; mais
nous avons eu pour principe d'être très sobre dans nos appré-
ciations. Un anneau grec en or (n° 44), de style primitif, présente un intérêt particulier, et nous le signalons à l'attention
des savants qui s'attachent à ce genre d'étude.

INTAILLES ASIATIQUES

1, 2, 3 — Obsidienne. Têtes de flèches, trouvées à Marathon.

4 — Caillou fluvial oblong ; calcaire vert, percé à l'extrémité la plus étroite. Sur l'une des faces : un homme tourné à droite, coiffé d'un bonnet plat, vêtu d'une tunique allant jusqu'aux genoux, et tenant des deux mains une lance dont l'extrémité passe de l'autre côté du caillou et frappe une antilope à moitié renversée. Travail à la pointe. Région du Tigre inférieur. (Voir la planche).

5 — Jaspe vert. Plaque carrée, de trois centimètres et demi. A l'avers : un cynocéphale debout, les bras levés, marchant à droite, la tête retournée à gauche ; deux chiens à ses côtés ; au milieu, à gauche, un sistre ; à droite, un couteau à lame triangulaire. Au revers : quatre lignes de caractères cunéiformes. Travail à la pointe très primitif. (Voir mon *Traité des écritures cunéiformes*, t. I, p. 182, où j'ai donné l'explication détaillée du texte.)

6 — Chalcédoine, très oblitérée, tachée de teintes brunes. Cône. Cheval tourné à gauche, la tête repliée vers la droite ; derrière lui, une palme. Le cône est percé au sommet et contient encore un fragment de bronze, reste de l'anneau par lequel il était suspendu. Région du bas Euphrate.

7 — Jaspe brun. Cylindre. Un homme barbu, lancé à pleine course, tire de l'arc contre un monstre ailé dressé devant lui ; un autre, déjà renversé, le regarde ; dans le champ, croissant et astre. Région mésopotamique.

8 — Calcaire blanc. Scarabéoïde. Pégase. Basse-Mésopotamie.

9 — Calcaire brun. Cylindre. Antilope tournée à droite, terrassée par un lion debout; six globules.

10 — Calcaire rouge. Scarabéoïde percé dans sa longueur. Arabesque. Chaldée.

11 — Jaspe vert. Cylindre. Lion debout, tourné à droite, saisissant une gazelle à longues cornes, également debout; un homme tenant par le cou une autre gazelle dressée, saisie par un autre lion tourné à gauche. Travail informe. Environs de Bagdad.

12 — Jaspe vert. Cylindre. Deux monstres barbus croisés l'un sur l'autre. Derrière celui de gauche, un lion debout; l'animal est saisi par derrière par un homme qui lui porte un coup d'épée sur la tête; lui tournant le dos, un homme tout semblable saisit le monstre de droite. Mésopotamie.

13 — Jaspe vert. Cylindre. Un personnage barbu, à tunique courte, coiffé d'une tiare plate, tourné à droite, saisit un minotaure; un autre minotaure, dans une attitude semblable, lutte contre un homme barbu; un troisième minotaure affronte un lion debout. Environs de Mossoul, site de Ninive ou des alentours.

14 — Jaspe noir. Cylindre. Deux lions croisés, chacun saisissant une gazelle dressée devant lui, tête retournée, bois à ramures; derrière la gazelle de gauche, un homme la saisit par la queue et par le cou, la disputant au lion. Environs de Mossoul.

15 — Jaspe noir. Petit cylindre. Un homme marchant à gauche, vêtu d'une longue robe, tenant en main une tige droite arrachée avec trois racines; derrière, une autre figure, la tête tournée à gauche, coiffée d'un pétase, le corps de face, les bras repliés sur la poitrine; un scorpion; troisième personnage marchant à gauche, le bras droit demi-élevé, le gauche pendant. Environs de Mossoul.

16 — Hématite. Petit cylindre. Anaïtis nue, de face, les bras ramenés sur le sein; un astre à droite; personnage à coiffure pyramidale, marchant à droite, le fouet appuyé sur l'épaule droite, la main gauche élevée; un sceptre court; au dessus, le croissant; personnage marchant à gauche, tunique courte ou plutôt un pagne attaché par des cordons flottants, coiffé du pétase. Mésopotamie.

17 — Hématite. Petit cylindre. Bélus assis à gauche, tenant

une coupe; au-dessus, un disque; en face, une table; adorant
tourné à droite, tenant une palme, monté sur un tabouret, stole
longue à plis longitudinaux; autre adorant tenant un sceptre
long; derrière, en haut, cinq points; au-dessous, une palme;
autre adorant, le bras droit élevé au-dessus de la tête. Bagdad.

18 — Hématite. Petit cylindre. Anaïtis nue, de face; à
gauche, un homme tenant un poignard; à droite, autre personnage, vu de face, tenant une épée, même coiffure. Bagdad.

19 — Hématite. Petit cylindre. Bélus, assis à gauche, tient
de la main gauche le croissant sur lequel repose un disque;
aux deux côtés du disque, deux petits croissants; un adorant,
coiffé du pétase; derrière sa tête, un astre; autre adorant,
couvert d'un manteau à longues franges; sur deux registres :
un taureau, un serpent, un lion. Bagdad.

20 — Hématite. Cylindre. Bélus assis, une jambe avancée
et nue; il tend la main comme pour accueillir l'offrande; disque
lunaire; un adorant, tourné vers le dieu, lui apporte une gazelle;
derrière l'adorant, un autre homme, un taureau bossu, portant sur le dos l'arbre à double ramure; au-dessus, un astre.
Bagdad.

21 — Hématite. Cylindre. Bélus assis, la main gauche
avancée; croissant et disque; un adorant coiffé du pétase;
autre adorant à manteau à franges; un serpent dressé; derrière,
en deux registres : un taureau, et au-dessus une figure nue, la
lance à la main, marchant à droite. Bagdad.

22 — Hématite. Cylindre. Bélus; près de sa tête, un astre;
à ses pieds, un cynocéphale en adoration; adorant vêtu d'une
tunique courte; un poisson; autre adorant, en robe longue;
légende cunéiforme n'occupant qu'une seule ligne; autre ligne
en blanc. Bagdad.

23 — Hématite. Cylindre. Bélus assis; croissant; adorant
en robe plissée; autre adorant couvert d'un manteau à franges;
cartouches contenant cinq caractères cunéiformes en deux
lignes; au-dessous, un chien marchant à droite. Bagdad.

24 — Hématite. Cylindre. Bélus assis, jambe nue posée sur
un poisson à tête de bouc; au-dessus, tourné à gauche, un animal semblable; un adorant en manteau à franges; petite figure
d'Anaïtis nue, de face; au-dessus, un signe en forme de V;
adorant en robe longue à plis horizontaux; légende cunéiforme
de trois lignes. Bagdad.

25 — Hématite. Cylindre. Bélus debout, soutenant le disque; devant lui, tourné à gauche, un cynocéphale; adorant en tunique courte; trois lignes de caractères cunéiformes en deux registres placés perpendiculairement l'un au-dessus de l'autre; deux chiens courant. Bagdad.

26 — Hématite. Petit cylindre. Bélus debout, tenant un sceptre; devant lui, une table (?); un adorant portant la stole; petit quadrupède ayant sur le dos un arbre à trois branches; Anaïtis nue, de face; deux lignes de caractères cunéiformes. Bagdad.

27 — Hématite. Cylindre. Bélus assis; au-dessus, un croissant; adorant couvert d'une robe longue et conduisant par la main un autre homme couvert du manteau à franges. Inscription cunéiforme d'une ligne. Bagdad.

28 — Hématite. Cylindre. Bélus assis, les pieds sur un escabeau, tenant dans sa main une coupe; au-dessus, un croissant; devant lui, un rat sauteur (gerboise), animal très commun dans les plaines de l'Asie centrale; un adorant vêtu du manteau à franges; un peigne ou rateau; au-dessous un bâton avec un manche transversal comme celui d'une faux; autre adorant vêtu d'une robe à plis horizontaux; deux lignes de caractères cunéiformes; un dragon dressé qui domine le trône du dieu Bagdad.

29 — Hématite. Cylindre. Mylitta (?) assise, vêtue d'une robe qui ne commence qu'à la ceinture, jambe nue posée sur un escabeau; en face, un nègre? La déesse présente de la main gauche un objet qui pourrait être un chevreau, et tient de la droite un panier à anses en latanier; Bélus (?) assis, vêtu de la robe longue, jambe nue posée sur un escabeau; il tient à la main une épée; en face, un adorant vêtu du manteau à franges présente une gazelle; derrière, adorant les deux mains levées. Bagdad.

30 — Marbre blanc et noir. Cylindre. Une seule figure, tournée à gauche; diadème, cheveux lisses réunis en touffes frisées, barbe frisée, longue stole avec manteau à franges; sept lignes de caractères cunéiformes. Nord de la Perse.

31 — Marbre blanc et rose. Cylindre. Un personnage vêtu d'une robe ouverte, tourné à droite, imberbe, une jambe nue, tient par le pied une antilope dressée qu'il arrête; par la main gauche, un monstre ailé qu'il serre au cou; arbre couvert de feuilles. Ecbatane (Hamadam).

32 — Hématite. Cylindre. Un adorant tourné à droite, robe à plis horizontaux; en face, un homme vêtu d'une tunique courte, coiffure ronde, le bras droit en équerre, le gauche tombant le long du corps; trois lignes de caractères cunéiformes. Ecbatane.

33 — Hématite. Cylindre. Bélus assis, le pied posé sur un escabeau; le dieu tient une épée; au-dessus, le croissant et un disque; un chien assis; adorant, offrant une gazelle; un bâton à poignée; au-dessus, un peigne ou rateau; derrière, un adorant en robe à plis horizontaux; deux lignes de caractères cunéiformes. Bagdad.

34 — Hématite. Cylindre. Bélus assis, dans la main gauche une épée; une gerboise; au-dessus, un astre; adorant présentant une gazelle; autre adorant avec la robe à plis horizontaux; croissant avec un disque; tourné vers lui, un homme vêtu d'une tunique courte, tenant un poisson au bout d'une ligne; derrière, le signe en forme de V. Bagdad.

35 — Hématite. Fragment d'un cylindre. Il ne reste plus qu'une figure vue de face, vêtue d'une longue robe à plis horizontaux. La moitié d'un monstre dressé; trois lignes de caractères cunéiformes. Bagdad.

36 — Hématite. Cylindre. Bélus assis, au-dessus, un orbe rendu par des points placés en cercle; personnage vêtu d'une longue robe, tenant un sceptre; en haut, un poisson; homme barbu, nu, posé de face; une étoile; adorant tourné à gauche; en face, sur deux registres, un patèque et un chien; un homme barbu, vêtu d'une tunique courte, le bras droit en équerre, le gauche tombant le long du corps; derrière lui, le peigne ou rateau; au-dessous, le bâton à poignée horizontale. Bagdad.

37 — Hématite. Cylindre. Bélus assis, une coupe à la main; au-dessus, un croissant; en face une gerboise; une femme en amenant une autre par la main; entre les deux, en haut, le peigne ou rateau; tourné à gauche, un personnage imberbe semble parler à un homme couvert d'une longue robe à plis horizontaux. Bagdad.

38 — Hématite. Cylindre. Bélus assis; disque inscrit dans un croissant; en face, un nègre? les bras ramenés en équerre sur la poitrine; derrière, un serpent dressé; un adorant tourné à droite; trois lignes de caractères cunéiformes. Bagdad.

39 — Hématite. Cylindre. Bélus assis, tenant un sceptre dans la main droite, dans l'autre une coupe; en face, un nègre?

nu présente une gazelle à cornes droites; derrière, un autre
nègre tient dans la main gauche une coupe, dans la droite une
épée; derrière, une négresse? vue de face, la tête de profil, les
bras placés en équerre sur la poitrine; elle est beaucoup plus
petite que ses deux compagnons.

40 — Jaspe gris. Cylindre. Bélus assis; sous le trône, un
chien; un adorant en robe longue; autre adorant; deux lignes
de caractères cunéiformes. Ecbatane.

41 — Sardoine. Cylindre. Cette pierre, en forme de barillet,
est entièrement couverte d'une inscription cunéiforme. Bagdad.

42· — Agate rose. Cylindre. Deux adorants tournés à gauche,
en deux registres, l'un au-dessus de l'autre; ils sont vêtus de
la robe longue et du manteau à franges; en face, occupant toute
la hauteur de la pierre, un personnage barbu, le bras droit en
équerre, le gauche tombant le long du corps; cinq lignes de
caractères cunéiformes. Cette intaille est remarquablement
belle, tant pour la matière que pour le travail. Bagdad.

43 — Lapis-lazuli. Cylindre. Deux chasseurs prenant des
gazelles attaquées par des lions. Nord de la Perse.

44 — Grande bague d'or. Chaton ovale, onze millimètres
sur seize millimètres et demi. Deux hommes combattant des
lions; ils sont vêtus de pagnes attachés par des cordons dont les
bouts très longs et ornés chacun d'un double nœud pendent en
avant; les coiffures sont formées d'un diadème ou bandeau, un
peu plus élevé sur le front; par derrière, les cheveux sont
rassemblés et relevés en chignon. Le guerrier de droite oppose
au lion son bras droit replié et brandit, de la main gauche, sur
la tête de l'animal, un glaive à lame renflée par le milieu; le
guerrier de gauche, au contraire, de la main gauche prend le
lion et, de la droite, lui enfonce son glaive dans la gorge. Le
terrain est figuré par des spirales; deux arbres.
Cette bague, de style très ancien, a été trouvée en 1867, à
Salonique dans une sépulture antique. (Voir la planche).

45 — Cornaline. Scarabéoïde de l'ancien style. Un guerrier
nu, à gauche, tenant une lance de la main droite, de l'autre
retenant un cheval lancé au galop. Légende sémitique. Mésopotamie. (Voir la planche).

45 *bis* — Calcaire brun. Scarabéoïde. Un archer à genoux,
le glaive passé dans la ceinture, ajuste une antilope à cornes
droites; dans le champ, une palme. Téhéran. (Voir la planche).

46 — Jaspe vert. Cylindre. Un personnage barbu, vêtu d'une tunique courte, enfonce son poignard dans le corps d'un lion dressé devant lui, à demi fruste; la figure qui suit, probablement un autre lion debout, n'est plus reconnaissable; un personnage pareil au premier la frappe de même; un autre personnage arrête un monstre; en deux registres : un croissant et une figurine vêtue de la tunique courte, marchant à droite. Constantinople.

47 — Jaspe vert. Cylindre. Un lion tourné à gauche, affrontant un monstre à tête humaine; personnage en tunique courte, frappant du glaive un monstre. Constantinople.

48 — Jaspe vert. Cylindre. Un personnage marchant à droite; derrière, un autre absolument pareil. Deux lignes de caractères cunéiformes. Constantinople.

49 — Cornaline. Cylindre. Un adorant barbu, tourné à gauche; manteau à franges larges; six lignes de caractères cunéiformes. C'est un très joli spécimen de l'art achéménide, qui cherche les minuties du détail. Ecbatane.

50 — Agate rougeâtre, veinée et tachetée de points blancs. Scarabéoïde. Quadrige; un guerrier barbu ajuste un oiseau; à côté de l'archer, l'écuyer tenant les rênes du char. Constantinople. (Voir la planche).

51 — Saphirine. Cylindre. Un guerrier vêtu d'une tunique courte à franges larges, tient dans la main droite une fleur de lotus, dans la gauche l'acinace, la pointe tournée vers la terre; il a sur le dos le carquois plein de flèches, à côté le fouet à nœuds; devant la jambe gauche, une hache. Ce personnage est barbu, avec les cheveux lisses sur le haut de la tête, retenus par un bandeau et tombant en touffes sur le cou. Derrière lui, en haut, un astre; au-dessous, le sekôs. Téhéran. (Très beau.)

52 — Sardoine. Cône aplati. Une figure à quatre ailes, vêtue d'une tunique serrée à la taille par une ceinture, vole vers la gauche, tenant d'une main un lotus à longue tige contournée, de l'autre une spatule? (Voir la planche).

53 — Chalcédoine. Cylindre. Personnage tourné à droite, barbu, coiffure haute retenue par un bandeau, touffes de cheveux sur le cou, tunique courte, manteau à franges, tient de chaque main la patte d'un lion renversé la tête en bas. Téhéran.

54 — Saphirine. Cône percé dans le haut. Un adorant

barbu, vêtu d'une robe sans plis ; au bas, des franges : cheveux retenus par un bandeau ; devant, un autel sur lequel sont placés un large flambeau allumé, une lance, un sceptre géminé. Derrière l'adorant, un sekôs. Téhéran.

55 — Saphirine. Cône hexagone, percé au sommet dans le sens de l'épaisseur. Un guerrier perse, placé devant un lion dressé, tient l'animal par une patte avec la main droite, et va le frapper du glaive qu'il serre de la main gauche. Bagdad.

56 — Saphirine. Cône percé au sommet. Trois protomes de griffons ajustés sur un disque central ; entre les trois têtes, trois croissants. Admirable travail. (Voir la planche).

57 — Chalcédoine laiteuse. Cône carré, percé au sommet. Adorant ; devant, une étoile. Téhéran.

58 — Chalcédoine. Cône percé au sommet. Un adorant tourné à gauche ; devant lui, trois lettres phéniciennes. En haut, un férouer entre deux petites têtes ; au-dessous, un bétyle ; de l'autre côté, en bas, une tête d'adorant.

58 *bis* — Chalcédoine. Cône percé au sommet. Deux Chérubs à têtes humaines, placés en attitude d'adorants ; trois objets superposés, difficiles à définir ; en haut, le férouer et deux petites têtes.

59 — Bronze. Carré oblong épais, coupé en étages en haut et percé dans le sens de l'épaisseur. Sur une face : une divinité féminine assise sur un trône à dossier porté par un griffon. La déesse a le bras droit levé ; de la main gauche, elle présente une couronne ; derrière le trône, six astres superposés ; en face de la déesse, un adorant vêtu d'une longue robe, coiffé à la manière perse, avec de longues bandelettes tombant sur le dos ; en haut, un astre, plus haut encore le croissant. Au revers, deux griffons debout et affrontés. Ecbatane.

60 — Sardonyx à trois couches. Disque rond. Légende cunéiforme courant autour du bord ; lettres très finement tracées. J'ai expliqué cette intaille dans mon *Traité des écritures cunéiformes*, t. II, p. 52-54. Je répéterai ici que feu M. de Montigny possédait dans sa collection une autre pierre portant les mêmes lettres moins une, et ayant, au centre, une tête casquée grecque de l'époque d'Alexandre, ce qui place notre intaille à la fin de la dynastie achéménide. Constantinople.

61 — Améthyste. Chaton oblong. Ephèbe nu, appuyé sur un cippe et tenant le javelot de la main gauche, la droite

appuyée sur la hanche ; son chien est assis devant lui. Art grec. Athènes. (Voir la planche).

62 — Jaspe brun, monté en or. Buste de Mercure de l'ancien style grec ; barbe longue ondulée, traits fins, cheveux plats retenus par un bandeau et retroussés en nœud derrière la tête. Le buste est pourvu d'un tenon. Intaille d'une grande valeur artistique. Athènes. (Voir la planche).

63 — Cornaline blonde. Guerrier appuyé sur une haste, la main droite sur un autel. Le personnage est nu et diadémé. Ecbatane.

64 — Cornaline jaune et rouge. Bacchus appuyé sur un thyrse et chaussé de brodequins, verse une liqueur. Ecbatane.

65 — Cornaline épaisse. Zeus assis sur un trône, tenant un sceptre et une palme ? Ecbatane.

66 — Cornaline. Faune tenant un thyrse orné d'une bandelette, et un masque tragique. Ecbatane.

67 — Jaspe rouge. Faune et Bacchante. Ecbatane.

68-69 — Cornaline. Un Centaure. Téhéran.

70 — Cornaline jaune brûlée. Un Centaure. Téhéran.

71 — Cornaline. Jeune homme portant sa lyre sur l'épaule et tenant une couronne. Ecbatane.

72 — Jaspe vert. Un lion portant l'Amour sur son dos ; en face, une étoile. Ecbatane.

73 — Cornaline. Chaton épais. Un éléphant. Ecbatane.

74 — Cornaline. Un berger au pied d'un arbre ; un mouton paissant, deux chiens ; le mot ΓΑΙΣ. Ecbatane. (Voir la planche).

75 — Cornaline jaune. Un berger couché, une chèvre. Ecbatane.

76 — Sardonyx. Chaton épais monté en agrafe persane. Isis. Travail grec de basse époque. Téhéran.

77 — Argile cuite. Empreinte antique d'une pierre gravée. Athènes.

78 — *Id.* Autre sujet.

79 — Verre. Une femme appuyée sur une colonnette. Athènes.

80-81 — Cornaline montée en bague d'argent. Un sphinx. Téhéran.

82 — Cornaline, montée en cachet persan. Taureau ailé à face humaine ; légende en caractères pehlvys. Téhéran.

83 — Jaspe vert. Un sphinx. Téhéran.

84 — Cornaline. Chaton épais. Berger assis, dans l'action de traire une chèvre. Téhéran.

85 — Cornaline. Chaton épais, oblong. Mercure avec la bourse et le caducée. Travail grossier. Ecbatane.

86 — Agate rouge brûlée. Pallas tenant la lance, la main droite appuyée sur le bouclier. Ecbatane.

87 — Cornaline. Mercure, une bourse à la main, le manteau replié sur le bras gauche, le caducée. Travail grec. Ecbatane.

88 — Jaspe rouge. Mercure, tenant la bourse et le caducée. Ecbatane. (Voir la planche).

89 — Cornaline. Hélios radié à cheval. Ecbatane.

90 — Cornaline. Mercure portant la bourse et le caducée ? Ecbatane.

91 — Calcaire blanc, hémisphérique. Tête diadémée, portant un collier. Légende pehlevy. Montagnes de Rey.

92 — Sardonyx, hémisphérique. Tête coiffée d'une tiare ; collier, tunique brodée. Mithridate II. Montagnes de Rey.

93 — Chalcédoine. Anneau épais. Tête diadémée entre une étoile et un croissant. Travail arsacide. Montagnes de Rey.

94 — Sardoine. Anneau épais. Tête diadémée à la grecque, posée entre deux ailes comme un férouer. Travail arsacide. Montagnes de Rey.

95 — Chalcédoine. Anneau épais. Tête diadémée entre un croissant et une étoile. Légende pehlevy.

96 — Cornaline. Tête vue de face, portée sur un emblême royal ; au-dessous, un croissant et une étoile ; autour, une guirlande. Téhéran.

97 — Agate brune. Anneau épais. Tête diadémée, cheveux bouclés et longs tombant en nattes sur le dos; le bras gauche porte à la bouche un fruit (?) indistinct. Téhéran.

98-138 — Une collection de têtes, la plupart royales et entourées de légendes en pehlevy. Époque arsacide.

139-160 — Quinze cornalines rouges et jaunes, une chalcédoine laiteuse, une sardoine, trois chalcédoines-saphirines, une hématite. Elles représentent deux monstres dansant l'un derrière l'autre.

161 — Cornaline. Les deux démons dansants.

162 — Cornaline. Chaton carré. Femme vêtue d'une longue robe, vue de face; de la main droite, elle pose une couronne sur sa tête; devant elle, un Amour; trois caractères cunéiformes. Mésopotamie. (Voir la planche).

163 — Chalcédoine. Hémisphérique. Un personnage diadémé, monté sur un cheval, peut-être sur un mulet, marche vers la droite; il est vêtu d'une tunique courte, avec de larges pantalons et des bottes, costume parthe; devant sa monture, un serviteur à coiffure ronde, tunique courte, s'avance tenant dans sa main un bâton. Nord de la Perse.

164 — Cylindre. Jaspe vert. Pierre octogone. Un démon dansant? une gerboise; un cartouche posé au milieu d'un double bâton terminé aux deux extrémités par des traits; le cartouche contient quelques caractères pareils à ceux que l'on observe sur les vases magiques persans et arabes modernes; un homme à deux têtes? les jambes formant un cercle; en haut et en bas de la pierre, caractères magiques. Bagdad.

165 — Hématite. Cylindre octogone grossier; la moitié supérieure manque. On ne voit plus que les jambes de deux personnages allant à gauche; sur le registre inférieur, un adorant; au-dessus et autour de lui, quelques lettres grecques. Sud de la Perse.

166 — Cylindre. Hématite. Bélus imberbe, tenant un sceptre court, renflé aux deux bouts; devant, un adorant; derrière, deux registres : Anaïtis et un lion, saisissant une antilope à longues cornes; au-dessus, un griffon; devant, tourné à droite et tenant une des pattes du griffon, un homme, coiffé du bonnet pointu arsacide, tunique courte, élevant un glaive dans son fourreau; derrière, un ornement indistinct. Sud de la Perse.

167 — Chalcédoine. Hémisphérique. Deux guerriers diadémés, tenant une enseigne plantée entre eux. Montagnes de Rey.

168 — Chalcédoine. Anneau. Un homme diadémé, en attitude d'adorant. Montagnes de Rey.

169 — Pâte blanche. Une femme arsacide, tenant une fleur. Montagnes de Rey.

170 — Cornaline. Femme assise, tenant une fleur. Montagnes de Rey.

171 — Jaspe brun. Un guerrier parthe frappe de son poignard un démon. Légende : **HON**. Damghân, site de l'ancienne capitale arsacide Hékatompylos.

172 — Cornaline. Guerrier près d'un trophée. Sud de la Perse.

173 — Sardoine. Buste placé sur un cippe ; à droite, joueur de double flûte ; à gauche, adorante. Kerniaushah.

174 — Agate brune. Anneau. Femme debout. Nord de la Perse.

175 — Chalcédoine. Fragment d'anneau. Même sujet. Nord de la Perse.

176 — Agate rouge. Anneau. Un homme et une femme se donnant la main. Nord de la Perse.

177 — Sardonyx. Hémisphérique. Un guerrier, de face, les jambes écartées, entre lesquelles est un chien, tient de chaque main une lance. Travail barbare. Nord de la Perse.

178 — Sardoine. Hémisphérique. Deux guerriers, de face, appuyés sur trois lances. Nord de la Perse.

179 — Hématite. Cylindre. Même sujet qu'au n° 177, même facture. Montagnes de Rey.

180 — Hématite. Fragment de cylindre tout semblable au précédent. Même sujet. Montagnes de Rey.

181-183 — Deux sardoines et une agate. Anneaux. Une gerboise. Cet animal se trouve en grande abondance dans les plaines de Véramyn, au pied de l'Elborouz. Nord de la Perse.

184-185 — Deux agates. Anneaux. Sur l'une et l'autre, un scorpion. Nord de la Perse.

186 — Sardoine. Anneau. Une main ouverte. Travail barbare. Sud de la Perse.

187 — Cornaline. Une main entre deux cornes d'abondance. Sud de la Perse.

188 — Grenat. Une main ? Schyraz.

189 — Grenat. Une main tenant une croix ; à droite, un signe royal ; légende pehlevy. Merw. (Voir la planche).

190 — Agate rouge. Anneau. Un signe royal, ressemblant à une crosse épiscopale ; à côté, une étoile ; au-dessus, une fleur ; une main qui tenait probablement la croix, mais le haut de la pierre est effrité ; légende pehlevy. Ecbatane.

192 — Agate blonde. Anneau. Une main. Ecbatane.

193-198 — Cornalines rouges. Bœuf bossu.

199 — Cornaline rouge. Taureau. Ecbatane.

200 — Chalcédoine brûlée. Anneau. Un sanglier. Ecbatane.

201 — Quatre cornalines et une hématite. Lion. Sud de la Perse.

202 — Cornaline. Deux lions croisés l'un sur l'autre, comme sur les cylindres anciens. Nord de la Perse.

203 — Chalcédoine. Cône. Autel et adorant. Nord de la Perse.

204 — Chalcédoine. Anneau. Une chèvre ; devant, une palme. Nord de la Perse.

205 — Cornaline. Une antilope couchée. Schyraz.

206-207 — Cornaline. Même sujet ; l'antilope a les cornes droites. Schyraz.

208 — Cornaline. Antilope couchée. Ecbatane.

209 — Cornaline. Un griffon ; au-dessus, un scorpion. Sud de la Perse.

210 — Chalcédoine. Anneau. Gazelle couchée. Sud de la Perse.

211 — Chalcédoine. Anneau. Un faucon. Sud de la Perse.

212-215 — Deux sardoines. Bucrânes. Sud de la Perse.

216-217 — Sardoine et cône en chalcédoine. Deux autels, sur l'un deux longs bâtons géminés, sur l'autre une croix. Nord de la Perse.

218 — Jaspe sanguin. Gazelle couchée. Sud de la Perse.

219-220 — Cornalines. Sur chacune, un poisson. Nord de la Perse.

221 — Silex carré. Un guerrier parthe à cheval, perçant de sa lance un ennemi renversé; à gauche, une étoile. Nord de la Perse.

222-226 — Bronze. Bagues. Deux hommes nus et un palmier entre eux; un autel surmonté d'un férouer; un homme drapé frappant d'un poignard un lion sur la tête; deux lutteurs; une gazelle courant et un chien. Mésopotamie.

227-235 — Agate. Boules au nombre de six et deux cylindres. Ces pierres non gravées ont été trouvées, avec beaucoup d'autres pareilles, dans les fondations du palais de Khorsabad. Ce sont des talismans qui empruntent leur force uniquement à leur matière. Environs de Mossoul.

236 — Cornaline rouge. Un pyrée avec le feu flambant. Ispahan.

237 — Agate. Un faucon. Nord de la Perse.

238 — Cornaline rouge pâle. Une gerboise portant sur son dos son petit. Nord de la Perse.

239 — Cornaline. Un griffon, Schyraz.

240 — Jade vert. Un griffon. Maragha.

241 — Cornaline. Un griffon. Sud de la Perse.

242 — Cornaline pâle. Un griffon. Ecbatane.

243 — Hématite taillée à facettes. Une branche d'arbre, Nord de la Perse.

244 — Jaspe sanguin. Une chamelle avec son petit. Sud de la Perse.

245 — Pierre météorique, finement taillée en forme de casque? Cette pierre, qui ne porte aucune gravure, provient d'un tombeau macédonien où était enterrée toute une famille, avec des armes grecques et des briques chargées d'inscriptions cunéiformes. Environs de Babylone.

246 — Agate rouge. Forme d'amande percée dans le sens de l'épaisseur. Une biche couchée; au-dessus, une étoile. Ecbatane.

247 — Hématite. Une biche couchée. Nord de la Perse.

248 — Chalcédoine, Une feuille. Nord de la Perse.

249 — Hématite. Cylindre. En haut et en bas, une ligne d'entrelacs; homme à coiffure ronde, imberbe, vêtu d'une tunique courte, marchant vers la gauche; il tient une coupe; au-dessus de sa tête, un férouer; en face de lui, un guerrier parthe, à bonnet pointu, tient un trident; derrière, deux lignes de caractères cunéiformes. Sud de la Perse.

250 — Cornaline. Scarabée. Aigle éployé. Sud de la Perse.

251 — Hématite. Large chaton carré. Avers: en haut, un serpent enroulé dressant la tête; en face, un chien (?); au-dessous: ΤΕΟ ΡΑΜΑΥ; au-dessous encore, un pyrée avec le feu et les lettres ϜΑ. Au revers, lég. en deux lignes. Bagdad.

252 — Hématite. Cylindre octogone avec une inscription magique en lettres grecques. Bagdad.

253-254 — Deux tessères palmyréniennes. A l'avers et au revers deux personnages couchés. Ces petits monuments sont très fréquemment trouvés aux environs de Bagdad. On les rencontre dans les tombeaux de l'époque macédonienne comme des temps postérieurs. Babylonie.

255 — Agate rubanée. Anneau. Un bouc; devant, une étoile; derrière, un croissant. Nord de la Perse.

256 — Chalcédoine. Femme assise, couronnée de tours et tenant une coupe à la main. Ce sujet est emprunté à un revers de médaille assez commun sur les derniers bronzes arsacides. Sud de la Perse.

257 — Chalcédoine blanche. Cône rompu au sommet; il reste le trou de suspension. Femme assise tenant un disque; en face, une étoile. Sud de la Perse.

259 — Chalcédoine. Cône hexagone. Adorant devant un autel; une étoile au-dessus. Nord de la Perse.

260 — Ivoire. Cylindre. Des oiseaux, en deux registres. Sud de la Perse. Très rare.

261-262 — Calcaire rouge. Cylindre. Un scorpion, des points, des traits géminés; autre scorpion plus petit, signe indistinct, un gros point. Ecbatane.

263 — Chalcédoine rosée. Cylindre. Un bétyle, surmonté du férouer ; à droite et à gauche, deux adorants, vêtus de robes longues, les cheveux en une tresse tombant bas sur le dos ; en haut, à gauche, sept points figurant les sept planètes ; au-dessous, signe royal surmonté d'une étoile. Ecbatane.

264 — Hématite. Cylindre. Un personnage debout, tourné à gauche, tenant une lance ou un trophée, ainsi qu'un autre homme, tourné à droite, vêtu de même, le bonnet pointu arsacide sur la tête ; derrière, une figure indistinctement formée, deux lignes de caractères cunéiformes. Ecbatane.

265 — Hématite. Cylindre. Deux hommes à coiffures pyramidales, tenant entre eux un trophée ; ils sont vêtus de robes longues à plis horizontaux ; un adorant, vu de face, les bras croisés sur la poitrine, la figure tournée à droite ; un personnage marchant à gauche, vêtu d'une tunique courte ; un adorant, lui faisant face. Sud de la Perse.

266 — Chalcédoine. Un lion dévorant une jambe de cheval ; au-dessus, un scorpion. Sud de la Perse.

267 — Cornaline. Un bœuf bossu. Sud de la Perse.

268 — Cornaline. Bœuf bossu à tête humaine, portant un bonnet en forme de barrette surmonté d'une plume. Sud de la Perse. (Voir la planche).

269 — Cornaline. Chaton bombé. Deux femmes tenant une écharpe ; au-dessus de leur tête, un point figurant une étoile. Sud de la Perse.

270 — Cornaline. Deux amours tenant une écharpe ; entre les deux figures, un point. Sud de la Perse.

271 — Jaspe vert. Chaton épais. A l'avers, une tête d'Hélios radié ; au revers :

$$\text{Α Σ}$$
$$\text{Τ Α Τ Ι}$$
$$\text{Φ Ι Λ Ο}$$
$$\text{Ρ Ι}$$

Sud de la Perse.

272 — Cornaline. Anneau à volutes. Figure tenant une écharpe. Sud de la Perse.

273 — Agate rouge, teintée de blanc. Buste d'homme, la main droite levée, barrette ornée de pierreries ; vers le front,

nn cercle de perles et une plume; tunique, collier de perles soutenant un médaillon, ceinturon; légende pehlevy. Sud de la Perse. Moderne.

274 — Jaspe vert. Chaton épais. Haut 0,012, larg. 0,010. Buste d'homme barbu; légende pehlevy. Sud de la Perse. Moderne.

275 — Cornaline. Haut. 0,014, larg. 0,012. Buste d'homme, analogue au précédent. Sud de la Perse. Moderne.

276 — Cornaline. Haut. 0,014, larg. 0,017. Un buste d'homme, vu jusqu'à la ceinture. Inscription cunéiforme. Sud de la Perse. Moderne.

277 — Cornaline. Haut. $0^m,024$; larg. $0^m,013$. Sujet analogue au précédent. Inscription cunéiforme. Shouster (ancienne Susiane). Moderne.

278 — Cornaline. Même style que les intailles précédentes. Inscription pehlevy. Shouster. Moderne.

279 — Agate brune. Tête levée, imberbe, bonnet d'étoffe avec un galon autour. Inscription pehlevy. Shouster. Moderne.

280 — Jaspe brun. Tête barbue, coiffure en forme de feuillages. Inscription pehlevy. Sud de la Perse. Moderne.

281 — Grenat en cabochon. Tête diadémée sur un férouer; légende pehlevy. Cette pierre et les suivantes, qui proviennent toutes de l'Afghanistan, donnent les portraits des dynastes bactriens ou indo-scythiques et sont d'une extrême rareté. Kandahar.

282 — Grenat (cassé). Tête portant la tiare, cheveux frisés en anneaux; légende pehlevy. Kandahar.

283 — Grenat. Buste, cheveux en anneaux; légende pehlevy. Kaboul.

284 — Pâte de verre. Anneau. Buste entre un croissant et une étoile; sans inscription. Kaboul.

285 — Grenat. Tête diadémée. Kandahar.

286 — Cornaline. Tête radiée. Ecbatane.

287-288 — Cornaline. Tête laurée. Ecbatane.

289 — Cornaline tachée de blanc. Un dragon dévorant un serpent; légende pehlevy. Sud de la Perse. Moderne.

290 — Serpentine. Cylindre. Un homme drapé, barbu, coiffure en forme de barrette ; légende pehlevy verticale ; en face, un autre personnage tourné vers le premier, barbu, cheveux courts, coiffé d'un bonnet à aigrette ; une ligne de points verticale entre deux raies ; un vase à anse double d'où semble sortir une légende pehlevy verticale. Sud de la Perse.

291 — Cornaline. Un homme de face, entr'ouvrant la draperie qui le couvre ; à droite, trois étoiles ; à gauche, légende pehlevy. Sud de la Perse.

292 — Cornaline. Victoire tenant d'une main une couronne, de l'autre une palme. Sud de la Perse.

293 — Chalcédoine. Jupiter assis sur un trône, appuyé sur un sceptre et tenant une patère ; l'aigle à ses pieds. Au revers :

ΙΑѠΘ

294 — Sardonyx. Osiris de face. Ecbatane.

295 — Cornaline. Bacchante tenant un rameau et une couronne. Sud de la Perse.

296 — Grenat. Une femme vêtue d'une tunique transparente, présente une fleur. Sud de la Perse.

297 — Nicolo. Un homme nu, tenant deux objets indistincts. Sud de la Perse.

298 — Grenat. Un adorant, à droite ; étoile ; légende pehlevy. Sud de la Perse.

299 — Cornaline. Deux personnages tenant une guirlande. Ecbatane.

300 — Cornaline. Amour ailé tenant une couronne. Ecbatane.

301 — Cornaline. Une femme nue, les cheveux réunis en une tresse tombant sur le dos, tenant une fleur ; légende pehlevy. Sud de la Perse.

302 — Cornaline. Un homme nu, les bras couverts d'un manteau, marche vers la droite, tenant une fleur. Sud de la Perse.

303 — Cornaline. Un homme vêtu d'une longue robe, les bras levés vers le ciel, en attitude d'adorant, entre deux lions. Sud de la Perse.

304 — **Cornaline.** Personnage couvert d'une robe transparente, présentant une fleur ? Sud de la Perse.

305 — **Nicolo.** Camée. Trois femmes nues dansant. Sud de la Perse.

306 — **Jaspe vert.** Un personnage nu, assis sur un trône, touche un autel d'un bâton court ; sur le bord de la pierre, le croissant entre deux étoiles ; au-dessous, deux branches chargées de fruits, et à droite les lettres A. E. D., à gauche C. L. S. Ecbatane.

307 — **Cornaline.** Un homme nu, à genoux, tient un rhyton. Sud de la Perse.

308 — **Chalcédoine.** Un Amour tient une cage ? Sud de la Perse.

309 — **Jaspe.** Chaton dont il n'existe plus que la moitié. Autour de l'avers, les signes du zodiaque ; au milieu, tête d'Hélios radié et de Séléné ; au revers, Hélios radié à cheval. Ecbatane.

310 — **Cornaline.** Un guerrier nu, casqué, le manteau sur le bras, regardant un trophée militaire ; sujet copié d'une médaille séleucide. Sud de la Perse.

311 — **Sardonyx.** Hémisphérique. Amour tenant une écharpe ; derrière lui une étoile ; légende pehlevy. Nord de la Perse.

312 — **Cornaline.** Une femme, les cheveux réunis en une tresse ; un homme vis-à-vis d'elle ; ils tiennent et semblent échanger deux épées ? au-dessus, un croissant. Sud de la Perse.

313 — **Cornaline.** Figure ailée tenant un triangle. Montagnes de Rey.

314 — **Jaspe vert.** Un guerrier arsacide, à cheval, tient sur le poing un faucon ; devant lui, un chien ; sous les pieds du cheval, un fleuron. Nord de la Perse.

315 — **Chalcédoine.** Anneau. Une femme arsacide, trèsparée, tient une fleur ; autour, une couronne. Sud de la Perse.

316 — **Grenat.** Deux hommes nus semblent lutter. Sud de la Perse.

317 — **Cornaline.** Un guerrier arsacide, à cheval, combattant un lion. Schyraz.

318 — Cornaline. Deux guerriers parthes tenant une lance. Ispahan.

319 — Cornaline. Adorant vêtu d'une tunique courte, plissée ; devant lui, une étoile ; à gauche, une hampe et, dessus, un oiseau. Ispahan.

320 — Hématite. Cylindre. Un guerrier parthe, avec les vêtements étroits, le bonnet triangulaire sur la tête, marche à gauche ; devant lui, un autre homme, coiffé de même, en longue robe ; derrière celui-ci, un troisième personnage, en robe, coiffure haute ; deux lignes de caractères cunéiformes. Sud de la Perse.

321 — Hématite. Cylindre. Un personnage, coiffé d'une tiare ronde, vêtu d'une robe couverte de trois galons transversaux, marche à gauche, tenant une palme ; un poisson ; un homme, tourné de face, la tête à gauche, tunique à ramages, bordée d'une frange ; signe en forme de tau ; marchant vers lui, une troisième figure, vêtue d'une robe avec un galon transversal sur la poitrine ; trois registres : en haut, un sphinx, un entrelac, une gazelle couchée. Bagdad.

322 — Nicolo. Un bœuf bossu ; légende pehlevy. Sud de la Perse.

323 — Cornaline. Un homme à genoux, traversant de sa lance un lion. Ispahan.

324 — Nicolo. Un homme nu poignardant un lion. Schyraz.

325 — Cornaline brûlée. Un homme, armé d'une lance, traverse le corps d'un lion ; derrière lui, un autre lion ; au-dessus, un disque. Nord de la Perse.

326 — Cornaline. Un bœuf bossu couché entouré de points. Ispahan.

327 — Sardoine. Chaton épais. Deux lions debout, affrontés ; entre eux, un bétyle. Bagdad.

328 — Nicolo. Un bœuf bossu ; au-dessus, une étoile et un croissant ; sous la tête, un fleuron. Nord de la Perse.

329 — Cornaline. Bœuf bossu couché ; à droite, un scorpion.

330 — Sardoine. Anneau. Bœuf bossu ; légende pehlevy. Sud de la Perse.

331-332 — Cornalines. Bœuf bossu ; légende pehlevy. Nord de la Perse.

333-334 — Un grenat, trois cornalines. Bœufs bossus, marchant ou couchés. Sud de la Perse.

335 — Hématite. A l'avers, un cynocéphale ailé; au-dessous, inscription magique de deux lignes illisibles; au revers, lég. magique en 5 lignes. Bagdad.

336 — Serpentine. Petite plaque carrée. Un homme, en tunique courte, derrière un trône à dossier; sur le trône, une femme assise, élevant les bras; en face d'elle, sur un autre trône, un homme en robe longue, coiffé d'une tiare droite. Bagdad.

337-345 — Cinq cornalines, deux nicolos, un lapis-lazuli, un grenat. Lion passant. Perse et Mésopotamie.

346-353 — Cornalines et nicolos. Lion passant; inscription pehlevy. Lionne allaitant son petit. Perse et Mésopotamie.

354-355 — Cornalines. Lion dévorant une gazelle. Bagdad.

356-357 — Grenat. Lion couché. Kandahar.

358 — Améthyste. Deux lions croisés, l'un sur l'autre; légende pehlevy. Schyraz.

359 — Nicolo. Un lion debout, poignardé par un homme. Shouster.

360-361 — Cornaline et jaspe noir. Un cheval. Schyraz.

362 — Hématite. Une mouche. Nord de la Perse.

363 — Cornaline. Une gerboise. Nord de la Perse.

364 — Nicolo. Louve allaitant son petit. Nord de la Perse.

365 — Même matière, même sujet. Ecbatane.

366 — Cornaline. Un loup passant. Nord de la Perse.

367-368 — Nicolo et cornaline. Un scorpion. Nord de la Perse.

369 — Sardoine. Anneau à volutes. Un aigle s'abattant sur une antilope. Nord de la Perse.

370 — Hématite. Anneau à volutes. Un aigle saisissant un oiseau; légende pehlevy. Nord de la Perse.

371 — Sardonyx. L'aigle héraldique à deux têtes, tenant dans chacune de ses serres un lièvre; à droite et à gauche, une tête barbare diadémée. Sud de la Perse.

372 — Cornaline. Aigle éployé. Nord de la Perse.

373-386 — Sept cornalines, deux améthystes, deux grenats, un nicolo, un cristal de roche. Oiseau. Différentes contrées de la Perse.

387 — Améthyste hémisphérique. Un oiseau; devant, une étoile. Ispahan.

388 — Grenat. Un canard tenant une boucle d'oreille. Sud de la Perse.

389 — Cornaline. Un oiseau; devant, une palme. Sud de la Perse.

390 — Sardoine. Anneau. Quatre têtes d'animaux (bœuf, cerf, griffon, bouc), réunies au centre; étoile. Nord de la Perse.

391 — Cornaline. Trois biches couchées, les têtes se touchant au centre. Sud de la Perse.

392 — Cornaline. Une tête de bouc, sur des ailes de férouer; à droite et à gauche, des cornes d'abondance. Sud de la Perse.

393 — Hématite. Anneau. Un symbole mystique, portant un croissant, le tout soutenu sur des ailes de férouer; inscription pehlevy. Montagnes de Rey.

394 — Cornaline blonde. Une feuille de chêne; au bout, une bandelette; en haut, un croissant; légende pehlevy. Nord de la Perse.

395 — Cornaline. Un signe mystique entre deux croissants, inscription pehlevy. Nord de la Perse.

396 — Lapis-lazuli. Symbole religieux. Ecbatane.

397 — Hématite. Même sujet. Téhéran.

398 — Cornaline. Scarabéoïde. Une ancre. Bagdad.

399 — Agate rouge pointillée de jaune. Une main tenant des épis. Bagdad.

400-401 — Cornalines rouges. Un coq; légende pehlevy. Schyraz.

402 — Sardoine. Un canard; légende pehlevy. Ispahan.

403 — Grenat. Un coq; devant, une étoile; légende pehlevy. Ispahan.

404 — Cornaline. Aigle saisissant une outarde; légende pehlevy. Téhéran.

405 — Sardonyx. Anneau. Eléphant; légende pehlevy. Meshhed.

406 — Agate rubanée. Anneau. Deux antilopes, mâle et femelle, en face l'une de l'autre et détournant la tête; bouquets de plantes; bordure de points. Nord de la Perse.

407 — Sardoine. Hémisphérique. Un canard tenant un objet figuré par trois globules; bordure de points. Sud de la Perse.

408-420 — Sept cornalines, deux grenats, un nicolo, une chalcédoine, un jaspe vert. Antilopes couchées ou marchant. Diverses parties de la Perse.

421 — Nicolo. Éléphant; inscription pehlevy. Kandahar.

422 — Jaspe, hémisphérique. Tête de gazelle sur des ailes de férouer, entre deux croissants. Un paysan a trouvé cette intaille dans les ruines de Persépolis.

423-425 — Cornaline. Antilope couchée. Nord de la Perse.

426 — Cornaline. Un bouc couché; ligne de points à l'entour; un caractère pehlevy dans le champ. Sud de la Perse.

427 — Grenat, cabochon. Deux antilopes couchées affrontées; entre elles, une tige feuillue à la base avec une fleur au sommet. Est de la Perse.

428 — Cornaline blonde. Deux antilopes affrontées. Nord de la Perse.

429 — Cornaline. Une antilope à cornes très contournées; quatre caractères pehlevys dans le champ. Ecbatane.

430 — Nicolo. Une chienne ou une louve allaitant son petit. Nord de la Perse.

431 — Cornaline. Tête de biche, sur deux ailes de férouer; à droite et à gauche, deux cornes. Sud de la Perse.

432 — Cornaline. Un mouton à grosse queue. Nord de la Perse.

433 — Chalcédoine, émisphérique. Pégase; points à l'entour. Nord de la Perse.

434-442 — Quatre cornalines rouges, un nicolo, un grenat. Cheval ailé. Sud de la Perse et Mésopotamie.

443-445 — Cornaline hémisphérique. Cheval ailé; légende pehlevy. Sud de la Perse.

446 — Améthyste. Androsphinx mitré, couché. Téhéran.

447 — Cornaline. Une gazelle couchée. Téhéran.

448 — Cornaline hémisphérique; tête d'homme diadémée, sur un corps d'oiseau; une guirlande autour. Téhéran.

449 — Cornaline. Pégase. Schyraz.

450 — Sardoine. Chaton percé. Un bœuf attaqué par un lion. Sud de la Perse.

451 — Jaspe noir. Un sanglier; caractères pehlevys. Sud de la Perse.

452 — Pâte de verre verte. Un lion et un scorpion. Nord de la Perse.

453 — Agate rose pâle. Chaton carré. Un lion et un scorpion. Montagnes de Rey.

454 — Marbre blanc rosé. Chaton carré. Un lion dévorant un lièvre. Nord de la Perse.

455 — Hématite. Cylindre irrégulier, grossièrement façonné par plans mal arrondis. Figure imberbe dans l'attitude d'un adorant; lettres pehlevys; autre demi-ligne de caractères semblables; un personnage en longue robe, étendant le bras vers le premier; derrière, une troisième figure également à longue robe; un quatrième personnage, sans jambes et sans tête, et semblant inachevé. Nord de la Perse.

456 — Sardonyx. Camée. Haut., 12 1/2 mill.; larg. 13 1/3 mill. L'Amour ailé, conduisant deux lions attachés à un char. C'est une œuvre byzantine du viii° ou ix° siècle, inspirée par un camée antique. Constantinople.

457 — Jade. Carré long épais, coupé en étage en haut et percé dans le sens de la largeur. Haut., 16 mill.; larg., 13 mill. Un dragon, en très fort relief. C'est une œuvre tout à fait dans le goût byzantin. Kermanshah.

458 — Jade. Une plaque carrée arrondie aux deux angles de la base. Haut., 26 1/2 mill.; larg. 26 1/2 mill. Bouquet de feuilles et de fruits. Kermanshah.

459 — Pâte de verre enduite d'un émail noir. Deux personnages assis, les jambes croisées, causant ensemble. Ils sont coiffés de bonnets à longues queues tombant sur les épaules. Ispahan.

460 — Jaspe vert. Même sujet, plus une inscription arabe circulaire. Ispahan.

461 — Pâte de verre verdâtre. Tête d'homme diadémée ; au-dessous, une gazelle couchée ; légende pehlevy. Téhéran.

462 — Agate lie de vin. Homme appuyé sur une lance ; en face une légende pehlevy. Téhéran.

463 — Cornaline blonde. Homme tenant d'une main une lance et de l'autre un serpent ; en face, une légende magique. Téhéran.

464 — Jaspe vert. Trois têtes, dont celle du milieu est barbue ; légende pehlevy. Téhéran.

465 — Jaspe brun. Un Parthe, tenant son épée d'une main, de l'autre un faisceau de flèches ; à droite et à gauche, NV.

466 — Onyx à 2 couches. Même figure que sur le n° 465, seulement le personnage tient un bâton : en haut, aux deux côtés, des palmes ; en bas, VN. Téhéran.

467 — Serpentine. Petit cylindre. Trois personnages copiés sur des intailles arsacides ; deux lignes verticales de caractères magiques. Téhéran.

468 — Hématite. Un homme assis sur ses talons, levant le bras droit. Ispahan.

469 — Chalcédoine. Un homme nu appuyé sur un bâton. Téhéran.

470 — Chalcédoine. Même sujet. Téhéran.

471 — Cornaline. Homme nu ; au bas, une légende arabe et la date 1272 (de l'hégire).

472 — Pâte de verre blanche. Un homme nu, une plume sur la tête, un fusil à baïonnette à la main ; chasse aux oiseaux. Téhéran.

473 — Turquoise. Chaton en forme de cœur. Tête diadémée copiée sur un modèle antique. Ispahan.

474-497 — Légendes pehlevys et inscriptions koufiques et karmatiques. Différentes localités de la Perse.

498-499 — Bronze. Anneaux ; inscriptions koufiques. Maragha.

500-505 — Deux cornalines, deux sardoines, un jade, cristal

de roche. Chatons, sauf le jade, plaque en forme de cœur; le cristal de roche monté en agrafe persane. Inscriptions en caractères magiques. Différentes localités de la Mésopotamie et de la Perse.

506-517 — Cinq cornalines, deux chalcédoines, deux jaspes; pâte de verre verdâtre; un lapis-lazuli. Inscriptions en tâlik et en neskhy, admirablement exécutées.

518-519 — Cristal de roche; plaques carrées, toutes pareilles, pour être montées en bracelets comme amulettes. Les noms de dieux tracés dans des compartiments; écriture neskhy. H. et l., 22 mill. Téhéran.

520 — Jaspe vert. Larg., 24 mill.; haut., 15 mill. Un passage du Koran. Schyraz.

521 — Sardoine. Chaton en forme d'écusson. Haut., 16 mill.; larg., 24 mill. Passages du Koran, tracés d'un grand style, en trois divisions concentriques. Bagdad.

522 — Sardoine. Chaton en forme de cœur, monté dans une agrafe en argent, tenue par des liens de soie bleue, pour être attachée au bras. Haut., 14 mill.; larg., 22 mill. Téhéran.

523 — Sardoine. Chaton en forme de cœur. Haut., 29 mill.; larg., 34 mill. Passages du Koran. Téhéran.

524 — Serpentine. Chaton. Larg., 18 mill.; haut., 12 1/2 mill. Passages du Koran. Téhéran.

SUPPLÉMENT.

525 — Chalcédoine. Cône. Trois têtes de licornes réunies au centre; caractères cunéiformes.

526 — Chalcédoine - onyx. Hémisphérique. Buste de roi avec légende pehlevy.

527-528 — Une cornaline rouge et une pâte de verre : deux signes mystiques. Sud de la Perse.

529 — Terre cuite. Brique. Larg., 24 mill.; haut., 17 mill. Brique couverte sur les deux faces de caractères cunéiformes imprimés au moyen de planches de métal.

ANTIQUITÉS

Poterie.

1 — Lécythe chypriote à vernis rouge. Cercles concentriques et goulot peints en noir.

2 — Vase phénicien à embouchure treflée. Cigogne devant une plante aquatique; au-dessus, légende fictive. Peinture noire sur terre blanche. Goulot fruste. H. 0,14.

3 — Œnochoé étrusque, à tableau. Mulet chargé d'une amphore; rinceaux dans le champ. Peinture noire et rouge sur terre blanche. *Sujet rare.* H. 0,22.

4 — Scyphus de l'ancien style grec. Éphèbe nu, armé d'un javelot et d'un bouclier échancré (*épisème*: deux yeux), combattant une panthère. Dans le champ, la légende καλός. Palmettes autour de l'anse. Peinture noire, au trait, très soignée, sur fond blanc. H. 0,09. Diam. 0,10.

5 — Grand lécythe du même style. Aurige conduisant un char de guerre attelé de quatre chevaux. Deux hoplites. Figures noires sur fond blanc; rehauts de pourpre. Belle conservation. H. 0,24.

6 — Coupe de Calès. A l'intérieur, en relief de forte saillie, une grenouille. Bordure godronnée. Vernis brun. Diam. 0,175.

7 — Petit vase à vernis brun, le milieu de la panse renflé, cannelé et orné d'un grènetis blanc. Bords du Rhin. H. 0,09.

8 — Petite coupe à vernis brun, décorée de groupes de points saillants, disposés en cinq triangles. Bords du Rhin.

9 — Petit vase à vernis brun; le renflement du milieu de la panse décoré de rinceaux à la barbotine. Bords du Rhin. H. 0,065.

10 — Eulogie. Saint-Ménas debout entre deux chameaux agenouillés. Rv. Autour d'une croix grecque : ΤΟΥ ΑΓΙΟΥ ΜΗΝΑ.

11 — Eulogie. Même sujet. Rv. Dans une couronne de laurier : ΕΥΛΟΓΙΑ ΤΟΥ ΑΓΙΟΥ ΜΗΝΑ.

Albâtre, marbre, fresques, etc.

12 — Grand vase égyptien, se rétrécissant vers le haut et muni de deux appendices qui simulent les anses. Albâtre mielleux. H. 0,22.

13 — Petit buste de guerrier grec (*Alexandre-le-Grand?*), avec cuirasse en écailles et casque à mentonnières, orné de deux cornes de bélier. Marbre grec. H. 0,14.

14 — Masque funéraire en marbre; cheveux bouclés et ornés d'un diadème. Trouvé dans l'île de Corfou. H. 0,19.

15 — Buste nu, provenant du château des Malatesta à Rimini. Très belle sculpture de la Renaissance italienne. Marbre blanc. H. 0,20.

16 — Armes préhistoriques en obsidienne, trouvées dans l'île de Milo.

17 — Fresque représentant une sirène. Rome.

18 — Tête de Faune en stuc. Beau style. Rome.

Verrerie.

19 — Flacon piriforme; belle irisation nacrée.

20 — Deux flacons à onguent; l'un à panse conique.

21 — Deux petits flacons; irisation à reflets métalliques.

22 — Biberon.

23 — Coupe.

24 — Flacon à panse cylindrique.

25 — Grand flacon à panse pomiforme.

26 — Flacon à goulot très élevé, panse comprimée.

27 — Patère ombiliquée.

28 — Autre, avec dentelures sur les bords.

29 — Grand flacon à panse ovoïde; anse plate et cannelée; collier en fil de verre. Bords du Rhin. H. 0,18.

30 — Flacon à panse cylindrique; anse plate et striée. Bords du Rhin. H. 0,145.

31 — Petit flacon en pâte bleu translucide. H. 0,085.

32 — Flacon piriforme en pâte bleu kobalt. H. 0,072.

33 — Flacon moulé, la panse formée par deux masques de Méduse. Pâte verdâtre. Midi de la France. Forme rare et d'une conservation irréprochable. H. 0,08.

34 — Amphorisque opaque, pâte brune (très rare); cercles concentriques et hachures. H. 0,07.

35 — Autre en pâte bleu translucide; chevrons jaunes. H. 0,075.

36 — Autre en pâte bleu kobalt; cercles et chevrons en pâte jaune et bleu clair. H. 0,073.

37 — Autre à panse cannelée; même décor. H. 0,95.

38 — Charmante petite œnochoé à orifice trilobé et en pâte bleu transparent, ornée de fils jaunes et blancs. H. 0,055.

39 — Fragments d'un énorme plateau à rebord, en verre opaque bleu, avec mouchetures jaunes. Rome.

40 — Un choix de beaux fragments de verres-mosaïques ou imitant des pierres précieuses, trouvés à Rome. 42 morceaux variés.

Bronzes.

41 — Guerrier casqué et cuirassé, les deux bras tendus en avant. Bronze ombrien, de style primitif. Patine verte. H. 0,25.

42 — Génie sanitaire vêtu d'une peau de chevreuil et assis sur un siège. Manche de couteau. H. 0,065.

43 — Petit buste de Marc-Aurèle enfant, vêtu du paludament. Haut. (avec la base) 0,16.

44 — Taureau marchant. Très belle figurine d'art grec, avec patine verte. H. 0,062.

45 — Vénus nue et diadémée, tenant à la main droite abaissée un miroir et, de l'autre, tressant sa chevelure. Base carrée. Charmante figurine de la Renaissance. Coll. His de la Salle. H. 0,010.

46 — Apollon, tête laurée, le carquois sur l'épaule, à la main droite abaissée un reste de l'arc, le bras gauche posé sur un tronc d'arbre. Très belle figurine de l'école de Jean de Bologne. Coll. His de la Salle. Base en jaune de Sienne avec moulure en bronze. H. 0,115.

47 — Petit vase de bronze à goulot évasé, d'une forme très élégante. Patine vert clair. H. 0,095.

48 — Lampe; manche recourbé terminé en buste d'esclave asiatique; une chaînette rattache le couvercle au buste. Beau style grec. Patine bleue de Pompéi. Long. 0,155.

49 — Casserole décorée d'un rang de godrons; manche plat, à l'extrémité une découpure en forme de croissant. Long. totale 0,28.

50 — Manche de patère, cannelé et terminé en tête de bélier aux yeux d'argent. Beau style grec. Long. 0,10.

51 — Deux petits encriers, dont l'un à double boîte. Tubes ornés de cercles concentriques. Patine verte. H. 0,037. *Très rares.*

52 — Lampe en forme de colombe. Syrie. Long. 0,083.

53 — Disque de ceinturon (brisé); autour du bord, un rang de petits trous. D. 0,07.

54 — Clou étrusque, tête ornée de gravures à la pointe d'une extrême finesse. Patine vert clair. Long. 0,145.

55 — Spatule, trouvée sur les bords du Rhin. Long. 0,135.

Argenterie, Pierres gravées, Médailles.

56 — Fragment d'une figure assise (de Jupiter ?), dont il ne reste que le pied gauche et la draperie recouvrant la jambe. Argent doré. H. 0,08.

Ce morceau, d'art grec, est d'une beauté admirable.

57 — Petit buste de Junon, voilé, diadémé et enté sur un fleuron. Sur l'épaule droite, une patère; sur l'autre, un bout de sceptre. Argent doré. H. 0,038.

58 — Cuillère romaine en argent. Long. 0,13.

59 — Camée en sardonyx: tête d'Hercule à gauche.

60 — Intaille en agate: aviron.

61 — Autre, en jasque rouge; tête d'éléphant.

62 — Monnaie d'or du roi indo-scythe Overky.

63 — Monnaie de cuivre de Tuder (Ombrie): chien couché et lyre. Patine verte.

Terres cuites.

64 — Cheval, peint en jaune. Ancien style.

65 — Cavalier. Le cheval peint en blanc, rehaussé de rouge; le cavalier en rouge, sauf ses cheveux. Ancien style grec.

66 — Petit terme d'Hermès barbu. H. 0,013.

67 — Petit buste de Jupiter Sérapis, drapé, coiffé du modius et monté sur une base circulaire. H. 0,08.

68 — Urne cinéraire étrusque. Le bas-relief, coloré, représente Echetlos combattant les Perses à l'aide d'un soc de charrue. Au-dessus, légende étrusque: *Larthi Vimnei* (?) *Latinisa*. Sur le couvercle, une figure couchée.

69 — Buste d'Amour (fragment de figurine). Il est ailé, couronné de lierre et de corymbes, et sa main droite est rapprochée du menton. Asie mineure. H. 0,14.

70 — Torse d'un homme drapé, la poitrine à découvert, le bras gauche appuyé sur la hanche. Asie. H. 0,16.

71 — Torse d'un homme vêtu d'une tunique collante. Asie. H. 0,12.

72 — Tête d'enfant aux cheveux bouclés. Asie mineure.

73 — Trois têtes d'éphèbes diadémés. Asie mineure.

74 — Tête de Faunisque. Asie mineure.

75 — Tête de femme couronnée. Asie mineure.

76 — Une collection de seize têtes représentant des carica-
tures. Asie mineure.

77 — L'âne maître d'école, enseignant la grammaire à neuf
petits cynocéphales. Groupe en bas-relief. *Sujet unique.* H. 0,13.
L. 0,11.

78 — Lampe décorée de raisins et de pampres. Rv. Nom
du fabricant grec, gravé à la pointe. Conservation exception-
nelle. D. 0,095.

79 — Lampe représentant un guerrier grec à cheval. Diam.
0,065.

80 — Lampe en terre rouge; lion couché tenant un bucrâne.
Smyrne. Long. 0,10.

81 — Une collection d'anses d'amphores avec inscriptions
grecques, recueillies à Alexandrie. Noms de magistrats et
symboles variés.

TERRES CUITES DE TANAGRA.

Les quinze figurines de Tanagra décrites ci-après ont formé la collection, à
peine naissante, d'un amateur homme de goût, qui savait les apprécier
et les choisir. Il y a là des morceaux du premier ordre, sujets intéres-
sants, de la plus rare beauté et d'une conservation irréprochable.

82 — Mercure *kriophore* (porteur de bélier), coiffé d'un *pilos*,
le devant du corps nu et coloré de rouge. H. 0,09.

83 — Enfant nu, marchant vers la droite, le manteau replié
sur le bras gauche; ton de chair; cheveux peints en rouge.
H. 0,14.

84 — Enfant assis sur un rocher. Il est vêtu d'une chlamyde
courte; son bras gauche s'appuie sur la hanche, la main droite
est posée sur le genou. H. 0,10.

85 — Jeune fille appuyée sur une colonnette. Elle est vêtue
d'une tunique plissée, qui laisse les bras à découvert, et d'un
himation qui entoure le bas du corps pour se replier sur l'avant-
bras gauche, abaissé. Cheveux peints en rouge. H. 0,24.

86 — Jeune homme drapé dans une tunique courte et un manteau, entr'ouvert par devant, que les deux mains retiennent. Tête coiffée d'une couronne funéraire. Cheveux peints en rouge, ton de chair, tunique blanche. H. 0,26.

87 — Jeune fille vêtue d'une tunique longue, peinte en bleu, et d'un himation rose, doublé de bleu, qui recouvre les deux bras, et dont elle relève les deux extrémités avec la main gauche. Ses cheveux sont entourés d'un bandeau blanc, ses boucles d'oreilles sont dorées. Ton de chair; lèvres colorées de rouge. H. 0,25.

88 — Enfant appuyé sur un cippe et tenant un masque scénique. Son manteau laisse la poitrine et le bras droit à découvert. La tête est coiffée d'une couronne et d'un chapeau. Traces de coloration. H. 0,21.

89 — Jeune fille drapée, portant à la main gauche abaissée un vase pointu par le bas. La main droite, ramenée sur la poitrine, retient l'himation peint en rose. La tunique est peinte en bleu. H. 0,19.

90 — Jeune fille tenant une balle. Elle est vêtue d'une tunique longue et d'un manteau peint en rose. Son bras gauche s'appuie sur une colonnette (peinte en gris), l'autre s'appuie sur la hanche. Cheveux rouges, réunis en chignon sur le sommet de la tête; pendants d'oreilles. H. 0,26.

91 — Jeune femme à l'éventail. Son manteau bleu recouvre les deux bras; la main droite est ramenée sur le sein, l'autre, tendue en avant, tient l'éventail en forme de feuille. Cheveux peints en rouge, noués en chignon; boucles d'oreilles. Ton de chair. H. 0,24.

92 — Jeune fille drapée dans une tunique talaire et un manteau rose, que la main droite retient sur la poitrine; le bras gauche s'appuie sur la hanche. Ton de chair; cheveux colorés de rouge et noués en chignon; pendants d'oreilles. H. 0,24.

93 — Jeune fille drapée; son himation, peint en rose, recouvre les deux bras et se replie sur la tête, en guise de voile. Le bras droit est abaissé, l'autre levé, et la main gauche tient un éventail en forme de feuille. Ton de chair. H. 0,29.

94 — Jeune fille assise sur un rocher. La tête est coiffée d'une couronne de lierre et de corymbes; le manteau, peint en rose,

ne recouvre que le bas du corps et l'avant-bras droit posé sur le rocher. Le bras gauche est replié sur la poitrine. Cheveux peints en rouge. H. 0,19.

95 — Jeune fille assise sur un rocher et donnant à boire à une colombe. Elle n'est vêtue que d'une tunique rose qui glisse le long du bras et laisse à découvert le sein droit. Les cheveux sont entourés d'un bandeau bleu, fixé au moyen d'un bijou. Ton de chair; rocher peint en bleu. H. 0,16.

96 — Jeune fille assise sur un rocher et tenant à la main gauche une fleur. Le manteau, peint en rose et doublé de bleu, se replie autour de la tête, en guise de voile, mais laisse le sein gauche à découvert. Ton de chair; rocher peint en rouge. H. 0,20.

Strasbourg, typ. G. Fischbach. — 1880.